Analyse d'œuvre

Rédigée par Clémence Verburgh

Bel-Ami

de Guy de Maupassant

Profil Littéraire

GUY DE MAUPASSANT   **5**

BEL-AMI   **7**

LA VIE DE MAUPASSANT   **9**

Né sous une bonne étoile

Le début de la gloire

Dans les méandres de la folie

RÉSUMÉ DE *BEL-AMI*   **14**

Première partie

Deuxième partie

L'ŒUVRE EN CONTEXTE   **20**

Un siècle très mouvementé

Le réalisme et le naturalisme

La place de la presse

ANALYSE DES PERSONNAGES   **24**

Georges Duroy

Charles Forestier

Les conquêtes de Bel-Ami

ANALYSE DES THÉMATIQUES   **30**

La société parisienne et la réussite sociale

La presse et le journalisme

L'amour et les femmes

STYLE ET ÉCRITURE   36

L'influence de Flaubert

L'influence du naturalisme

L'esthétique maupassienne

La structure du récit

LA RÉCEPTION DE *BEL-AMI*   43

Au XIXe siècle

L'œuvre aujourd'hui

BIBLIOGRAPHIE   47

GUY DE MAUPASSANT

- Né en 1850 à Tourville-sur-Arques (France).
- Mort en 1893 à Paris.
- **Quelques-unes de ses œuvres :**
  - *Boule de suif* (nouvelle, 1880)
  - *La Maison Tellier* (nouvelle, 1881)
  - *Bel-Ami* (roman, 1885)

Fils de Laure le Poittevin (1821-1903), l'amie d'enfance de Gustave Flaubert (1821-1880), Maupassant est né sous une bonne étoile. C'est grâce à sa mère qu'il découvre toute la richesse que recèlent les livres. Désireux d'entrer dans la sphère littéraire, le jeune garçon peut compter sur l'aide de Flaubert pour l'aiguiller et partager son expérience. Grâce aux nombreux conseils qu'il reçoit de ce géant de la littérature, sa plume se forge peu à peu. C'est également par son entremise qu'il rencontre les plus grands auteurs du XIXᵉ siècle, parmi lesquels Émile Zola (1840-1902), Joris-Karl Huysmans (1848-1907) ou encore les frères Goncourt (Edmond, 1822-1896 ; Jules, 1830-1870).

Pour gagner sa vie, Maupassant travaille dans des ministères, puis à la rédaction de journaux grâce auxquels il parvient à se faire connaître. Mais cela ne lui suffit pas : il souhaite publier ses écrits. C'est qu'en matière de littérature, le jeune homme est un véritable touche-à-tout : il écrit tantôt des contes fantastiques, tantôt des nouvelles courtes ou longues, ainsi que des romans et même des poèmes. Influencé à la fois par le réalisme flaubertien et le naturalisme de Zola, il garde de ses deux maîtres le souci de décrire le réel et le travail d'observation nécessaire à tout projet d'écriture.

Son premier succès n'est autre que *Boule de suif*, une nouvelle qu'il publie en 1880. Mais c'est *Bel-Ami*, publié cinq ans plus tard, qui le consacre réellement : en à peine quatre mois, 37 tirages sont écoulés. Grâce à sa toute nouvelle renommée, il accède aux salons mondains parisiens les plus prestigieux et peut désormais compter sur une certaine aisance financière. Mais la maladie finit par le rattraper, le fait sombrer dans la folie et l'empêche de s'adonner à sa passion, l'écriture.

BEL-AMI

- **Genre :** roman réaliste.
- **1re édition :** le roman a été publié pour la première fois en feuilleton dans le journal *Gil Blas* du 6 avril au 30 mai 1885, puis en volume le 11 mai de la même année.
- **Édition de référence :** *Boule de suif, La Maison Tellier, Une vie, Bel-Ami*, Paris, Garnier, 2009, p. 405-866.
- **Personnages principaux :**
    - Georges Duroy, surnommé Bel-Ami, protagoniste principal.
    - Charles Forestier, journaliste à *La Vie française* et ami de Georges Duroy.
    - Madeleine Forestier, épouse de Charles et future femme de Georges.
    - Clotilde de Marelle, maîtresse de Georges.
    - Virginie Walter, épouse du directeur du journal et maîtresse de Bel-Ami.
    - Suzanne Walter, seconde épouse de Bel-Ami.
- **Thématiques principales :** le journalisme, l'amour, l'ambition personnelle, la réussite sociale, l'argent.

Bel-Ami, publié en 1885, suscite à sa parution la colère de la presse, mais aussi l'éloge de nombreux critiques. Et pour cause : Maupassant choisit de faire de son personnage principal, Georges Duroy, un directeur de journal, et puise dans son expérience professionnelle pour dépeindre l'envers du décor, un milieu où se mêlent corruption, argent et influences politiques. Parvenu au sommet de l'échelle grâce à son arrivisme et à son charme naturel, Georges Duroy, alias Bel-Ami, est un personnage ambigu qui s'attire tantôt la sympathie du lecteur, tantôt son animosité.

Pour créer son histoire, Maupassant s'inspire de son quotidien. Il y évoque le colonialisme, les salons parisiens qu'il fréquente et les affrontements politiques qui se multiplient. Si les allusions biographiques sont nombreuses, le roman n'en reste pas moins un ouvrage de fiction qui deviendra quelques années plus tard un chef-d'œuvre de la littérature française. La langue y est épurée, le style clair et concis, les descriptions ciselées et les dialogues très réalistes. Tout y est pour que cet ouvrage traverse les siècles et fasse encore aujourd'hui l'objet d'adaptations.

LA VIE DE MAUPASSANT

| Guy de Maupassant par Nadar, 1888.

NÉ SOUS UNE BONNE ÉTOILE

Guy de Maupassant naît le 5 août 1850. Selon les sources, il aurait vu le jour soit au château de Miromesnil, à quelques kilomètres de Dieppe, soit dans la ville de Fécamp en Haute-Normandie. Sa mère, Laure le Poittevin, est la sœur d'Alfred le Poittevin (avocat et poète français, 1816-1848), un grand ami de Flaubert. En 1854, la famille déménage au Havre, puis à Paris où Maupassant entre au lycée.

Au début des années 1860, les parents de Maupassant divorcent. Le jeune garçon part alors vivre à Étretat (Haute-Normandie) avec sa mère et son frère, Hervé (1856-1889). C'est là que Laure le Poittevin lui fait découvrir la littérature, et plus particulièrement celle de Flaubert. L'adolescent se lie rapidement d'amitié avec l'auteur de *Madame Bovary* (1856) et entretiendra une longue correspondance avec l'écrivain, qui le conseille lors de la rédaction de ses premiers textes.

En 1869, Maupassant s'inscrit à la faculté de droit à Paris. Quelques mois plus tard, la guerre franco-prussienne (1870-1871) éclate, et il est incorporé dans l'armée. Durant son service, il contacte à plusieurs reprises son père pour que celui-ci lui trouve un remplaçant, car une enquête sur les permissions qu'il obtient à répétition risque de l'envoyer en prison. Sans succès. Il est finalement démobilisé en janvier 1872 et entre aussitôt au ministère de la Marine.

C'est à partir de 1875 que Maupassant pénètre dans le monde littéraire. Son amitié avec Flaubert lui permet de rencontrer les plus grands écrivains du siècle : Ivan Tourgueniev (1818-1883), Edmond et Jules de Goncourt, Émile Zola, Alphonse Daudet (1840-1897), José Maria de Heredia (1842-1905) ou encore Joris-Karl Huysmans. Il se rend également aux mardis de Stéphane Mallarmé (1842-1898) où se retrouve la jeune génération d'auteurs français. Parallèlement, il publie *La Main d'écorché*, son premier conte. Cette période est particulièrement prolifique pour l'auteur qui écrit des contes, des pièces de théâtre ainsi que des nouvelles.

LE DÉBUT DE LA GLOIRE

Alors qu'il était proche du groupe de Zola, il commence à prendre ses distances avec celui-ci, auquel il reproche certaines constructions qui laissent trop facilement présager l'intention de l'auteur et une neutralité poussée à l'extrême qui empêche toute référence autobiographique. Il reste malgré tout proche de son maître et publie, en 1880, *Boule de suif* dans un de leurs ouvrages collectifs, *Les Soirées de Médan*. Peu de temps après, Flaubert décède, ce qui plonge Maupassant dans une profonde tristesse.

L'année suivante, il publie *La Maison Tellier*, qui se vend extrêmement bien. Parallèlement, après avoir quitté le ministère de l'Instruction publique où il travaillait depuis quelque temps, il débute une nouvelle carrière au sein du quotidien *Gil Blas*. Il y écrit de nombreuses chroniques ainsi que des nouvelles et publie en feuilleton *Une vie*, son premier grand roman qui l'occupait depuis les années 1870. Le succès est au rendez-vous.

En 1883, Maupassant devient père pour la première fois. Il publie en parallèle trois volumes de contes. Son deuxième enfant naît l'année suivante. C'est également à cette période qu'il écrit *Bel-Ami*, publié en 1885, d'abord en feuilleton dans *Gil Blas*, puis en volume.

Mais sa santé commence à se dégrader et les premiers symptômes de la syphilis contractée quelques années plus tôt apparaissent. De plus en plus souffrant, il part faire une cure qui lui inspirera le roman *Mont-Oriol* (1887). Dans la foulée, il publie *Le Horla*, une nouvelle dans laquelle le personnage principal est manipulé par une entité mystérieuse qui l'incite à commettre des actes fous. Rapidement, les critiques établissent un parallèle entre la folie du protagoniste de l'ouvrage et celle de l'auteur.

À la fin des années 1880, Maupassant connaît l'apogée de son succès, côtoie un grand nombre de salons littéraires, publie de nombreuses œuvres et devient père pour la troisième fois. En 1889, son frère Hervé, interné à Bron depuis quelque temps à cause de problèmes mentaux, décède.

DANS LES MÉANDRES DE LA FOLIE

Durant les années 1890, la santé de Maupassant décline de plus en plus : il perd l'usage de la vue, ne maîtrise plus ses mots et oscille constamment entre exaltation et dépression. Cela affecte sa production littéraire, et il est contraint d'arrêter sa collaboration avec de nombreux journaux.

Pour abréger ses souffrances, il tente de se suicider, mais il est secouru à temps. Délirant sans cesse, il est interné dans la clinique du Dr Blanche (1796-1852). Il y meurt le 6 juillet 1843 et est enterré au cimetière Montparnasse deux jours plus tard. C'est Zola qui prononce son éloge funèbre :

RÉSUMÉ DE *BEL-AMI*

PREMIÈRE PARTIE

Ancien hussard employé au bureau du chemin de fer du Nord, Georges Duroy vit dans la pauvreté et rêve de pouvoir un jour avoir sa place au sein de la société mondaine de Paris. Pour y arriver, il est prêt à tout, surtout à profiter des autres.

Alors qu'il se promène, il reconnaît Charles Forestier, un ancien hussard devenu journaliste à *La Vie française*. Celui-ci lui propose de passer la soirée avec lui, à ses frais, et lui fait visiter le journal. Il l'invite également à dîner le lendemain afin que celui-ci se fasse engager par M. Walter, son directeur.

Comme prévu, Georges Duroy se rend chez Forestier. Il y rencontre Madeleine, la femme de ce dernier, Clotilde de Marelle, M. Walter et sa femme, Jacques Rival et Norbert de Varenne, deux écrivains employés au journal. Fort impressionné par les convives, le héros parvient malgré tout à s'illustrer en racontant certaines anecdotes sur sa vie de soldat en Algérie. M. Walter lui propose d'écrire un premier chapitre sur ses aventures et lui demande de le lui apporter le lendemain afin de discuter d'un éventuel emploi. De retour chez lui, Duroy se lance immédiatement dans la rédaction de son texte, mais les mots ne viennent pas. Désespéré, il se rend chez les Forestier afin d'obtenir de l'aide. Charles n'est pas présent, mais Madeleine accepte de rédiger son article à sa place. Le lendemain, Georges Duroy se rend au journal pour y présenter son premier chapitre à M. Walter. Conquis, ce dernier lui offre un poste de journaliste.

Il démissionne alors de son ancien travail et rejoint la rédaction. Au journal, il n'est pas très bien accueilli, car il arrive souvent en retard et n'a aucun texte à proposer. Il découvre toutefois les rouages du métier avec Saint-Potin, un reporter et ami de Forestier. Toujours sous le charme de sa dernière entrevue avec Madeleine, Georges décide de se rendre chez elle pour écrire. Mais, cette fois, Charles est présent et refuse de travailler à sa place. Contrarié, il rentre chez lui et rédige un nouvel épisode qu'il apporte au journal le jour suivant. Il ne convainc guère le rédacteur en chef qui lui demande de le corriger. Après maints refus, son article est temporairement abandonné. Georges décide alors de se consacrer à son métier de reporter, ce qui lui permet de rencontrer de nombreuses personnalités de la société parisienne. Mais le temps passe et la fortune tarde à venir.

Se souvenant de l'invitation que Mme de Marelle lui avait faite lors du souper des Forestier, Georges se rend dans sa demeure afin de la charmer, ce qui semble fonctionner. Après un repas avec les Forestier, Georges Duroy raccompagne la jeune femme et l'embrasse. Les deux amants entament une relation passionnée qu'ils vivent d'abord dans le petit appartement du journaliste. À force de le voir, Laurine, la fille de Clotilde, décide de surnommer Georges Bel-Ami, car il séduit toutes les femmes qu'il rencontre. Tout le monde – et en particulier les femmes – utilisera bientôt ce surnom pour le désigner. Un jour, au cours de l'une de leurs rencontres amoureuses dans l'appartement de Georges, Mme de Marelle est agressée par des voisins. Elle décide alors de leur trouver un nouvel endroit où se retrouver librement. Pour lui plaire, Bel-Ami cède à tous ses caprices, ce qui l'endette rapidement. Obligé d'avouer après un moment sa pauvreté à Clotilde, Georges découvre de l'argent dans sa poche, déposé en secret par sa maîtresse. Malgré sa colère, il s'empresse de le dépenser en se promettant de la rembourser très rapidement, ce qu'il ne fera jamais. Leurs excursions nocturnes peuvent ainsi reprendre. Mais, un soir, Duroy rencontre Rachel, une prostituée avec qui il a déjà passé plusieurs nuits. Malgré ses efforts pour l'éviter, elle l'interpelle publiquement et lui reproche de l'ignorer sciemment, ce qui fait fuir Clotilde.

Furieux d'avoir perdu un parti social et financier aussi intéressant, Georges tente depuis cette altercation de vivre de manière économe. Il décide toutefois de renouer avec Madeleine, qui apparaît comme une relation beaucoup plus intéressante que son ancienne maîtresse. Il lui avoue son « amour » pour elle, mais elle repousse ses avances, car elle est déjà mariée. Elle lui propose toutefois de séduire Mme Walter, la femme de son directeur, qui l'apprécie beaucoup, afin de poursuivre son ascension sociale. Ravi de s'être fait une alliée de choix, Bel-Ami écoute ses conseils et parvient à se faire inviter chez l'épouse en question, réputée très fidèle et honnête, ce qui n'a d'autre effet que de renforcer son envie de la charmer. Peu de temps après cette entrevue, Duroy est nommé chef des échos et est admis à de nombreuses soirées données par les Walter. Au cours de l'un de ces dîners, Georges retrouve Mme de Marelle avec qui il se réconcilie. Ils reprennent leur aventure. Malgré les événements qui éloigneront le couple à plusieurs reprises, Georges retournera toujours vers Clotilde, la seule femme pour qui il semble éprouver des sentiments sincères.

Parallèlement, Charles Forestier, qui souffrait depuis un moment d'une maladie pulmonaire, voit son état s'aggraver et part se faire soigner à Cannes. Bel-Ami profite de son absence pour gagner en importance au journal. S'il y parvient, il doit néanmoins faire face à des moqueries de la part d'un rédacteur de *La Plume*, Louis Langremont, qui l'accuse de diffuser des rumeurs sans fondements afin d'assurer les profits du journal. Les attaques entre les deux journalistes se multiplient, et le conflit s'envenime, tant et si bien que Georges finit par le défier en duel. Heureusement, cet affrontement se clôt sans véritable incident.

Peu après, il reçoit une lettre de Madeleine Forestier qui le supplie de venir la rejoindre au plus vite à Cannes : Charles est mourant. S'imaginant déjà être choisi comme successeur, Georges court les rejoindre. Pendant plusieurs jours, il assiste Madeleine jusqu'au décès de son mari. Lors de la veillée funèbre, Duroy laisse entendre à la veuve qu'il est tout à fait disposé à l'épouser, dissimulant le secret espoir que cette conquête lui apportera pouvoir et argent.

DEUXIÈME PARTIE

Peu après son retour à Paris, Madeleine accepte la demande en mariage de Bel-Ami, attirée par cet homme prêt à tout pour réussir dans la vie, et certaine qu'il lui apportera quelque chose d'intéressant en retour. Dans la foulée, celui-ci reprend le poste de Charles à *La Vie française*. Depuis lors, il rédige ses articles avec Madeleine, ce qui lui permet de devenir célèbre et de forger sa plume. Mais nombreux sont ceux qui, pour se moquer de lui, l'appellent Forestier, car ses textes ressemblent étrangement à ceux du défunt. Tout cela énerve profondément Georges qui finit par prendre en grippe la maison dans laquelle il vit ainsi que sa femme, car elles lui rappellent trop Charles. Il se promet toutefois de profiter de l'influence et de l'argent de son épouse afin de parvenir à ses fins.

Il commence alors à revoir Clotilde de Marelle, qu'il avait éconduite pour le bonheur de son mariage, et à courtiser Mme Walter qui est sur le point de succomber à son charme. Après avoir quelque peu résisté, celle-ci finit par s'offrir à lui, à son plus grand plaisir. Mais Bel-Ami regrette rapidement son geste, car sa nouvelle maîtresse se révèle très oppressante, au point qu'il ne parvient plus à s'en débarrasser. En parallèle, il se rapproche de Suzanne, la fille de Mme Walter, qu'il aurait bien envie de séduire également.

À l'automne, le journal gagne en importance, car il soutient la campagne d'un puissant parti politique, à la tête duquel se trouve le ministre Laroche-Mathieu, dont Bel-Ami doit encenser les actions dans ses articles. Malgré son aversion pour le ministre qui tente de séduire Madeleine, le jeune homme s'exécute, espérant secrètement en retirer un peu de gloire dès que le parti sera au pouvoir. C'est ce qui l'amène à défendre l'idée qu'il ne faut pas s'emparer du Maroc, comme le laisse suggérer Laroche-Mathieu. Mais il s'agit là d'une grave erreur de Georges qui est en fait manipulé par ce dernier. C'est Mme Walter qui lui révèle la supercherie. Le ministre et son parti comptent en fait s'emparer du Maroc, mais ils ne veulent pas que la France le découvre. Ils se servent donc du journaliste pour rassurer l'opinion publique. Ce projet a un but lucratif : l'emprunt du Maroc a été racheté par plusieurs personnes du parti et du journal, qui, si l'affaire est menée à son terme, pourraient de devenir très riches grâce à la spéculation. Mme Walter encourage donc Bel-Ami à prendre part à la manœuvre et finit d'ailleurs par lui acheter des actions elle-même, car il ne dispose pas de suffisamment d'argent pour investir dans l'affaire.

Quelques minutes après son entrevue avec Mme Walter, Georges reçoit, au même endroit, Clotilde à qui il conseille de faire de même. Mais l'entrevue tourne mal lorsque celle-ci découvre des cheveux dans la boutonnière de son amant, que Mme Walter avait volontairement laissés afin qu'il ait toujours quelque chose d'elle sur lui. Elle en déduit aussitôt qu'il a une autre maîtresse et s'enfuit. De retour chez lui, Bel-Ami retrouve Madeleine soucieuse, car M. de Vaudrec, un vieil ami qu'il a toujours suspecté d'être l'amant de sa femme et qui l'a sans doute été, vient de mourir. Ce dernier lui lègue toute sa fortune. Georges y voit là un nouveau moyen de s'enrichir aux dépens de sa femme. Il souhaite en effet que l'héritage soit partagé en deux. Elle n'a d'autre choix que d'accepter, puisque hériter seule de tout cet argent pourrait confirmer les suspicions de son mari. En l'espace d'une journée, le jeune homme s'enrichit considérablement.

Malgré toutes ces supercheries, Georges Duroy ne parvient pas à se hisser au sommet du faubourg Saint-Germain, car les autres ont récolté le fruit de leur spéculation. M. Walter a racheté un grand hôtel et est devenu l'heureux acquéreur d'un tableau d'un grand peintre. Il donne pour cette occasion une réception à laquelle assiste Bel-Ami. Abandonné par Clotilde, lassé de Mme Walter dont il tente de se débarrasser, il envisage de divorcer de Madeleine afin de se marier avec Suzanne à qui on essaie de trouver un mari et qui possède désormais une dot importante. Il rompt définitivement avec Mme Walter, mais continue à se rendre chez elle afin de voir la fille de cette dernière. Au cours d'un dîner, il avoue à la jeune fille qu'il l'aime et lui demande d'attendre avant d'accepter un mari afin qu'il trouve une solution pour se défaire de son mariage.

Pendant ce temps, il suit Madeleine qu'il soupçonne d'entretenir une relation avec Laroche-Mathieu. Pour constater cela, il fait intervenir la police qui surprend les deux amants. Grâce à ce stratagème, Georges peut demander le divorce. Il se consacre ainsi à Suzanne qui vient tout juste de lui avouer son amour. Conscient que M. Walter ne lui accordera pas sa main, il demande à la jeune femme de s'enfuir avec lui afin de forcer son père à accepter. Suzanne consent à le faire, et le plan de Bel-Ami réussit. Il l'épouse, devient très riche et est promu rédacteur en chef de *La Vie française*. En quittant l'église à la fin de la cérémonie matrimoniale, il se réjouit de s'être joué de tout le monde et prévoit même de reprendre Mme de Marelle comme amante.

L'ŒUVRE EN CONTEXTE

UN SIÈCLE TRÈS MOUVEMENTÉ

Maupassant naît au milieu du XIXᵉ siècle, une époque houleuse marquée par une succession de régimes politiques et par de nombreuses révolutions. Dans les domaines artistiques, la censure est particulièrement virulente. Nombreux sont les livres à être condamnés pour outrage aux bonnes mœurs. C'est le cas notamment des *Fleurs du mal* (1857) de Charles Baudelaire (1821-1867) et de *Madame Bovary* de Flaubert. Maupassant n'y échappe pas non plus, puisque son poème intitulé « La Fille » (1880) lui vaut d'être accusé d'avoir bafoué la morale publique. Mais Flaubert prend si bien sa défense que la justice conclut par un non-lieu.

La seconde moitié du siècle est marquée par la guerre franco-prussienne, qui se clôt sur la défaite amère de la France, qui voit l'Alsace-Lorraine passée sous le joug allemand. Pour contrer cette perte, le pays mène dans les années 1880 une importante politique coloniale, férocement soutenue par Jules Ferry (homme politique français, 1832-1893). L'armée française conquiert ainsi la Tunisie, l'Annam (région centrale du Viêt Nam), le Tonkin (région du nord du Viêt Nam), le Congo ainsi que l'Algérie. Maupassant fait d'ailleurs plusieurs références à l'affaire tunisienne dans *Bel-Ami*, mais choisit de transposer le conflit au Maroc afin que son roman ne soit pas condamné.

Malgré les nombreuses crises qui émaillent le XIXᵉ siècle, la période est également riche en progrès et en développements divers. La bourgeoisie profite d'ailleurs du contexte favorable pour s'enrichir, et ce au détriment des paysans et des ouvriers, souvent bafoués. Certains groupes s'organisent pour dénoncer cette précarité et dépeindre avec plus de réalisme cette classe sociale. C'est le cas notamment de Zola dans *Le Ventre de Paris* (1873) ou encore dans *Germinal* (1885). Maupassant en fera de même dans *Bel-Ami*, où il représente tout un éventail de la société parisienne, Georges Duroy étant le symbole du jeune homme qui part de rien et dont la seule envie est d'arriver au sommet de l'échelle sociale.

LE RÉALISME ET LE NATURALISME

Dans la seconde moitié du XIXe siècle, le réalisme, qui s'est constitué en opposition au romantisme, s'impose comme genre littéraire majeur. Influencés par les progrès réalisés dans les sciences humaines, les auteurs réalistes cherchent à dépeindre le réel le plus fidèlement possible. Il n'est donc plus question d'idéaliser la société, mais plutôt de la représenter telle qu'elle est, avec ses inégalités, sa beauté et sa laideur. Flaubert est considéré comme le maître du genre. Pas étonnant donc que Maupassant y excelle également.

Dans les années 1870-1880, la peinture du réel est poussée à l'extrême par les naturalistes qui s'inspirent de la méthode expérimentale pour composer leurs œuvres. Ce faisant, ils puisent dans les techniques mises au point par Claude Bernard (physiologiste français, 1813-1878) et l'appliquent à la littérature. C'est ainsi qu'ils accordent une attention toute particulière à l'hérédité qui est, selon eux, porteuse des nombreuses tares qui affligent les hommes et qui tend, par conséquent, à expliquer le comportement des individus.

Les adeptes de cette nouvelle esthétique se réunissent en une école dirigée par Zola. Maupassant en sera un important représentant, même s'il critiquera les formules naturalistes et se détachera peu à peu du groupe. Malgré cela, il gardera toujours un lien fort avec le naturaliste, qui militera à plusieurs reprises pour que Maupassant soit édité. C'est d'ailleurs pour le collectif naturaliste *Les Soirées de Médan* que ce dernier écrit *Boule de suif*.

LA PLACE DE LA PRESSE

La seconde moitié du XIXe siècle voit également le triomphe de la presse. Cette évolution est due non seulement aux progrès techniques qui permettent d'imprimer du contenu plus rapidement et à plus grande échelle, mais aussi aux prix dérisoires des abonnements proposés aux lecteurs. Les directeurs de journaux diminuent en effet le prix de vente par deux afin d'attirer un plus grand nombre de lecteurs. Ce modèle économique reste viable pour l'entreprise puisque les pertes d'argent liées à la diminution du prix sont récupérées grâce aux tirages plus importants, mais également aux annonces publicitaires qui sont publiées dans les quotidiens.

Pour vendre davantage, les journaux s'entourent d'écrivains qui publient leurs romans sous forme de feuilletons. Pour entrer dans ce nouveau canevas, ceux-ci doivent adapter leur écriture et leurs récits pour qu'ils puissent être lus en épisodes. Suspense, répétitions, flash-back, personnages préfabriqués, tout est fait pour que le lecteur ne perde pas le fil de l'histoire et ait envie d'acheter le prochain numéro pour connaître la suite du récit. Il faut toutefois préciser que les répétitions qui foisonnent dans les romans-feuilletons viennent également du fait que les écrivains sont payés à la ligne. Il est donc naturel qu'ils aient recours à tous ces stratagèmes pour augmenter la taille de leur récit. La technique fonctionnant à merveille, de nombreux auteurs choisissent de se faire connaître par ce biais. Parmi eux, Eugène Sue (1804-1857) avec *Les Mystères de* Paris (1842-1843), ou encore Alexandre Dumas (1802-1870) avec *Le Comte de Monte-Cristo* (1844). C'est de cette manière que Maupassant fait paraître

Bel-Ami en 1885, ainsi que d'autres de ses romans et nouvelles. Il contribue notamment à *Gil Blas*, au *Figaro*, au *Gaulois* ainsi qu'au *Journal des débats*.

Le roman évolue également grâce aux innovations de la presse. C'est ainsi qu'on voit apparaître des romans de poche à bas prix qui sont désormais à la portée d'un public plus large et moins cultivé. Ce changement majeur fait naître un nouveau genre littéraire, le roman populaire. Parallèlement, le statut de l'écrivain est reconnu et constitue désormais un métier à part entière. Grâce à cette évolution, l'auteur récolte le fruit de son travail, peut désormais vivre de son activité et entrer dans la société parisienne. Maupassant connaît d'ailleurs cette ascension : après des débuts difficiles, il connaît le succès, se rend dans les salons les plus importants et participe aux plus grandes soirées mondaines de Paris.

ANALYSE DES PERSONNAGES

Dans *Bel-Ami*, Maupassant recrée un large éventail de la société parisienne de la seconde moitié du XIXe siècle. Les femmes y sont très présentes et décrites en profondeur, tandis que les hommes apparaissent plus caricaturés. Chaque personnage qui traverse la vie de Georges Duroy est utilisé pour servir ses projets d'ascension sociale.

GEORGES DUROY

Georges Duroy est le protagoniste principal de l'histoire. Sans le sou et sans appuis, il possède néanmoins les atouts nécessaires pour réussir : la beauté et le charme, qui lui permettront de collectionner les conquêtes. Intelligent, Duroy comprend vite qu'il évolue dans un monde corrompu dont il pourra tirer parti. Il suit donc l'exemple de son entourage et profite de chaque occasion pour se distinguer et pour gravir un nouvel échelon de l'échelle sociale. Pour cela, il profite de son succès auprès des femmes : il séduit Mme Walter pour se faire bien voir de son patron, et épouse Madeleine Forestier pour profiter de son argent, de sa plume ainsi que de son influence. Lorsqu'il remarque que les Walter s'enrichissent considérablement, il met au point un stratagème afin de se marier avec Suzanne, leur fille. Pour être certain que son père accepte ce mariage, il demande à cette dernière de s'enfuir avec lui.

Malgré l'arrogance dont il fait preuve, le lecteur éprouve une certaine sympathie à l'égard de Bel-Ami qui laisse entrevoir, de temps à autre, sa sensibilité et sa nostalgie. Celles-ci sont particulièrement visibles lors de sa lune de miel en Normandie durant laquelle il retrouve ses parents. Il semble alors recouvrer son ancienne personnalité.

À mesure qu'il prend du galon dans *La Vie française*, il comprend que sa plume constitue une véritable arme. Poussé par l'ambition, Bel-Ami fait preuve d'arrivisme et s'illustre avec succès. Cette réussite se constate notamment dans l'évolution de son nom qui s'anoblit : Duroy devient Du Roy et finalement Du Roy de Cantel.

Pour créer ce personnage, Maupassant s'est inspiré de sa propre vie. On peut ainsi souligner les parallèles qui existent entre lui et son personnage, visibles notamment dans la manière dont il est entré dans la vie mondaine parisienne, son aventure de soldat, son angoisse devant la feuille blanche, etc. Bel-Ami a également hérité de la beauté de Maupassant et de son pouvoir de séduction.

CHARLES FORESTIER

Ancien hussard, Charles Forestier est devenu un bourgeois parisien. C'est grâce à lui que Georges Duroy entre dans l'univers mondain de Paris. En effet, lorsqu'il rencontre par hasard son ancien compagnon, Charles décèle en lui un certain potentiel qui lui permettra, pense-t-il, d'aller loin dans la vie. Le charme qu'il possède lui semble également un atout non négligeable que Georges pourrait utiliser pour s'illustrer dans la société. C'est pourquoi il l'invite au dîner qu'il organise avec son employeur, M. Walter, afin de lui faire intégrer le journal.

Si Charles se place d'abord comme modèle, il révèle rapidement ses limites. Considérant qu'il a fait son travail, il prend ses distances, sans doute pour conserver sa place de privilégié au sein de la rédaction. De santé fragile, son état s'aggrave au fil de la première partie. Il part se soigner à Cannes, mais sa maladie a finalement raison de lui.

LES CONQUÊTES DE BEL-AMI

Madeleine Forestier

Madeleine Forestier, l'épouse de Charles, est une femme à part, à la fois belle et intelligente. Très vite, Georges Duroy comprend que c'est elle qui tient les rênes du couple. Dotée d'une excellente plume, elle rédige les articles de son mari et accepte même d'écrire ceux de Georges. À l'instar de son époux, la jeune femme perçoit immédiatement le potentiel de ce dernier, et l'aide par conséquent à s'illustrer dans la société parisienne. Pour gravir les échelons plus rapidement, elle lui conseille de courtiser Mme de Marelle, puis de s'intéresser à Mme Walter pour plaire au directeur de *La Vie française.*

Dans la première partie du roman, bien qu'elle semble apprécier Duroy, elle établit immédiatement une limite entre eux et lui fait comprendre qu'elle ne sera jamais sa maîtresse. Après le décès de Charles, elle accepte d'épouser Bel-Ami, bien décidée à profiter de son influence politique pour se créer des relations. Elle apparaît donc comme une femme rusée et calculatrice, qui n'a aucun mal à tirer son épingle du jeu. Mme de Marelle tient d'ailleurs les propos suivants à son sujet :

> « Elle fait tout. Elle est au courant de tout, elle connaît tout le monde sans avoir l'air de ne voir personne ; elle obtient ce qu'elle veut, comme elle veut et quand elle veut. Oh ! Elle est fine, adroite et intrigante comme aucune, celle-là. En voilà un trésor pour un homme qui veut parvenir. » (p. 583)

Prônant le mariage libre, elle laisse entendre à Bel-Ami qu'elle a eu un amant – sans doute le comte de Vaudrec –, et est prise en flagrant délit avec Laroche-Mathieu. Là encore, elle sortira de cette épreuve digne et saura rebondir puisqu'on découvre peu de temps après qu'elle continue à écrire des articles sous un pseudonyme masculin.

Madeleine est aussi une femme relativement moderne, car elle ne partage pas les préoccupations des femmes du XIXe siècle. Elle s'intéresse à la politique et préfère se rendre à un meeting politique plutôt qu'à une soirée mondaine. En la dépeignant ainsi, Maupassant a voulu représenter quelques grands noms féminins qui tenaient à l'époque des salons et avaient une grande influence en politique. Parmi elles, citons la marquise de Païva (1819-1844), comtesse de Donnersmarck, et Léonie Léon (1838-1906), la maîtresse du politicien Léon Gambetta (1838-1882). Si Maupassant côtoie bien quelques salons tenus par des femmes, il regrette toutefois l'influence qu'elles ont sur la sphère publique, cela étant, pour lui, réservé à la gent masculine.

Clotilde de Marelle

Clotilde de Marelle est la première conquête amoureuse de Duroy. Mariée, mais seule la plupart du temps, elle ne cache pas son intérêt pour Georges. Ils tombent d'ailleurs rapidement sous le charme l'un de l'autre, et elle s'offre à lui dès le premier dîner. Elle est une maîtresse idéale pour le jeune reporter. Éprise de lui, elle n'hésite pas à lui donner de l'argent dès qu'il est dans le besoin et à louer à ses frais un appartement afin qu'ils puissent se voir dès qu'ils le souhaitent.

Leur relation sera marquée par plusieurs ruptures : l'une à cause de Rachel, la prostituée ; une autre suite à l'annonce de son mariage avec Madeleine Forestier ; puis suite aux cheveux de Mme Walter retrouvés dans les boutons de l'une des chemises de Georges ; et enfin à cause de son mariage avec Suzanne. Pourtant, malgré ces querelles, Clotilde lui revient toujours. Même à la fin de l'histoire, lorsque Duroy sort de l'église au bras de Suzanne, elle est présente. Elle aura d'ailleurs eu un effet bénéfique sur Bel-Ami qui, à son contact, semble oublier son arrivisme.

Le personnage de Clotilde est complexe. Elle est à la fois gentille, généreuse et spontanée et dispose d'un grand sens de l'humour. Son goût pour les soirées qui ont lieu dans des endroits peu fréquentables est en totale inadéquation avec son rang social et lui donne un côté décalé. Tout comme Madeleine, Mme de Marelle est une femme moderne, libre et libérée, qui n'hésite pas à utiliser ses charmes pour asseoir son pouvoir.

Virginie Walter

Virginie Walter est l'épouse du directeur de *La Vie française*. Elle est décrite comme une femme honnête et exemplaire. Au contraire des autres personnages féminins, elle n'a jamais pris d'amant. Elle apparaît donc à Georges comme une sorte de défi. C'est sur les conseils de Madeleine qu'il commence à la courtiser.

Tombée secrètement sous son charme, Mme Walter résiste longuement, mais Bel-Ami persiste et elle finit par céder. Elle lui voue une passion folle qui vire à l'obsession et à l'hystérie : elle lui envoie sans cesse des billets pour le voir, lui donne des surnoms mielleux, le sermonne comme s'il était un enfant, ce qui agace profondément Georges. Dès qu'il a obtenu d'elle ce qu'il souhaitait, il se lasse et fait tout pour l'éloigner de lui. Mais c'est elle qui précipitera la fin de leur histoire. En effet, la découverte par Clotilde des cheveux qu'elle a volontairement laissés dans les boutons de la chemise de Bel-Ami met le jeune homme dans une situation particulièrement embarrassante. C'en est trop pour lui. Malgré tout, elle continue à le vouloir près de lui. Il lui portera le coup fatal au moment de lui annoncer son mariage avec Suzanne, sa fille. Virginie, au comble du désespoir, sombre dans la folie et ne lui adressera plus jamais la parole.

Malgré ce que l'on pourrait croire, elle n'est pas uniquement une femme passive rongée par les remords et la passion amoureuse. Au cours de l'histoire, elle révèle à plusieurs reprises son habileté et fait preuve d'une grande intelligence. Elle peut également se montrer rusée lorsqu'il s'agit de récolter des informations sur les malversations de son mari qu'elle n'hésite pas à partager avec son amant.

Suzanne Walter

Suzanne Walter est belle et innocente. Si elle n'est, au début de l'histoire, qu'un personnage secondaire, elle retient tout de même l'attention de Bel-Ami quand M. de Marelle fait remarquer que sa dot vaut une vingtaine de millions.

Élevée dans un milieu protégé, Suzanne ne comprend pas les manigances de Georges, trop enfermée sans doute dans l'illusion romantique offerte par les romans sentimentaux de l'époque. Avec ce personnage, Maupassant semble vouloir montrer qu'il existe encore de la poésie dans le monde immoral du XIXe siècle.

ANALYSE DES THÉMATIQUES

LA SOCIÉTÉ PARISIENNE ET LA RÉUSSITE SOCIALE

Le thème principal du roman est celui de l'ascension sociale. C'est autour de lui que s'articule toute l'intrigue. Pour que le lecteur puisse comprendre comment Bel-Ami parvient à tirer son épingle du jeu, Maupassant doit au préalable décrire la société parisienne de l'époque. C'est ainsi que l'on apprend les manières de vivre et les goûts de l'aristocratie et de la bourgeoisie, mais aussi les moyens qu'elles se donnent pour se maintenir à un certain niveau social.

Le lecteur comprend très vite que, pour se faire une place à Paris, il faut posséder de l'argent, ce que Duroy tente d'obtenir le plus rapidement possible. Dès les premières pages, le lecteur comprend que le manque d'argent est un véritable frein à son ascension :

> « On était au 28 juin, il lui restait juste en poche trois francs quarante pour finir le mois. Cela représentait deux dîners sans déjeuners, ou deux déjeuners sans dîners, au choix. [...] Et il regardait tous ces hommes attablés et buvant, tous ces hommes qui pouvaient se désaltérer tant qu'il leur plaisait. Il allait, passant devant les cafés d'un air crâne et gaillard, et il jugeait d'un coup d'œil, à la mine, à l'habit, ce que chaque consommateur devait porter d'argent sur lui. Et une colère l'envahissant contre ces gens assis et tranquilles. » (p. 407-410)

Lorsque Georges devient journaliste à *La Vie française*, et alors qu'il gagne mieux sa vie, il se plaint encore de ne pas s'enrichir assez rapidement. L'argent apparaît donc comme un élément capital, ce que Maupassant montre en précisant à de nombreuses reprises le coût des choses : le prix d'un bock, d'une nuit avec une prostituée, d'un tableau de maître, d'un salaire, etc. Ces détails permettent également au lecteur de se rendre compte de la situation économique de l'époque. En outre, Georges comprend rapidement que posséder de l'argent est synonyme de puissance : « Le monde est aux forts. Il faut être fort. Il faut être au-dessus de tout », dit Bel-Ami (p. 694).

Tous les moyens sont bons pour parvenir à amasser de l'argent. Georges n'hésite pas à jouer de sa séduction pour profiter de la fortune de ses maîtresses. Il parvient ainsi à accaparer la moitié de l'héritage du comte de Vaudrec, pourtant légué dans sa totalité à sa femme. D'autres, comme M. Walter, le directeur de *La Vie française*, se lancent dans la spéculation. Ce dernier utilise ainsi son journal comme couverture pour s'adonner à d'autres activités plus lucratives, qui lui permettront d'être millionnaire à la fin de l'histoire.

LA PRESSE ET LE JOURNALISME

Au XIXe siècle, la presse tient une place importante dans la société. Grand familier du milieu, Maupassant profite de son livre pour en faire la satire. Il dépeint en effet une presse entièrement tournée vers le profit financier, où les journalistes sont en perpétuelle compétition les uns par rapport aux autres, toujours prêts à se prêter à n'importe quel coup bas pour avoir l'avantage.

Duroy et Maupassant, un destin commun

D'abord inconnu du milieu journalistique, Maupassant parvient à y entrer et à s'y faire un nom. Durant sa carrière, il contribue à la rédaction de plusieurs journaux, tels que notamment *Le Gaulois*, *Gil Blas* et *Le Figaro*. C'est d'ailleurs grâce à ceux-ci qu'il connaît la célébrité, après avoir publié plusieurs de ses écrits sous forme de feuilleton. Durant son expédition en Algérie, en 1881, l'auteur tient même *Le Gaulois* seul pendant plusieurs semaines et signe les articles sous son nom ou sous un pseudonyme. Il se sert de cette expérience pour donner vie à son récit. *La Vie française* rappelle d'ailleurs *Gil Blas* dans son organisation. M. Walter peut en effet être rapproché d'Auguste Dumont (1816-1885), le directeur du *Gil Blas*, ou d'Arthur Meyer (1844-1924), le directeur du *Gaulois*.

Georges Duroy et Maupassant connaissent au sein des journaux la même ascension : ils quittent leur ancien emploi de bureaucrate et deviennent tous deux reporters, voyant dans ce métier l'occasion de s'enrichir rapidement. Même si leurs débuts sont difficiles, ils acquièrent peu à peu une aisance rédactionnelle et progressent rapidement au sein de la hiérarchie. Georges est d'abord reporter, échotier, chef des échos peu de temps après, puis rédacteur politique et finalement rédacteur en chef. Grâce à sa plume – et à l'aide de Madeleine –, il parvient à conquérir les lecteurs et à les manipuler :

> « Du Roy, parfois, ajoutait quelques lignes qui rendaient plus profonde et plus puissante la portée d'une attaque. Il savait en outre l'art des sous-entendus perfides, qu'il avait appris en aiguisant des échos ; et quand un fait donné pour certain par Madeleine lui paraissait douteux ou compromettant, il excellait à le faire deviner et à l'imposer à l'esprit avec plus de force que s'il l'eût affirmé. » (p. 680)

Les dessous de la presse

En dévoilant l'envers du décor de la presse, Maupassant reconstitue la hiérarchie typique d'un journal. À la tête de *La Vie française* se trouve M. Walter, à la fois directeur et rédacteur en chef. Il dirige son quotidien comme une grande entreprise et le fait prospérer grâce à ses intrigues politiques :

> « Son journal, qui est officieux, catholique, libéral, républicain, orléaniste, tarte à la crème et boutique à treize, n'a été fondé que pour soutenir ses opérations à la Bourse et ses entreprises de toute sorte. » (p. 480-481)

Ce lieu qui, de l'extérieur, impressionne le passant grâce à son luxueux escalier, s'avère en réalité assez misérable. Maupassant le compare d'ailleurs à « une sorte de salon d'attente, poussiéreux et fripé, tendu de faux velours d'un vert pisseux, criblé de taches et rongé par endroits » (p. 417). Lorsqu'il devient lui-même reporter, Duroy découvre avec étonnement des journalistes qui jouent davantage au bilboquet et qui profitent de leurs avances au lieu d'écrire des articles. Pire encore : avec Saint-Potin, il comprend que quelques informations prises auprès des concierges de grands hôtels suffisent pour écrire un article et que, si la matière est trop maigre, il suffit d'inventer de nouveaux éléments.

Georges découvre également la force des échos et des rumeurs qui, s'ils sont bien relayés dans la presse, suffisent à discréditer ou à encenser des personnalités haut placées. Conscient de ce pouvoir, il n'hésite pas à en jouer, à manipuler et à mentir pour grimper plus rapidement les échelons de la société. Devenu chef des échos, Duroy excelle dans la méchanceté et le mensonge, ce qui plaît particulièrement à M. Walter qui voit les ventes de son journal augmenter. À travers le personnage de Bel-Ami, Maupassant fait donc la critique de la manière d'être de nombreux journalistes de l'époque. Il ne fait toutefois pas de ce comportement une généralité et montre qu'il existe, malgré tout, des journalistes passionnés qui écrivent pour leur plaisir, comme notamment Norbert de Varenne et Boisrenard.

Au fil de la lecture, on découvre également toute la puissance de la presse qui peut promouvoir ou détruire des ministères, manipuler l'opinion publique et même déguiser des malversations financières. Alors que Laroche-Mathieu pense maîtriser les journaux, c'est en réalité M. Walter qui le manipule afin de racheter la dette du Maroc et ainsi s'enrichir considérablement. C'est donc une presse toute puissante que dépeint Maupassant, ce qui lui vaudra la colère du milieu, tant et si bien qu'il doit s'en justifier lors de la publication de *Bel-Ami*.

L'AMOUR ET LES FEMMES

Dans *Bel-Ami*, les femmes tiennent une place importante, car ce sont elles qui permettent à Georges de grimper l'échelle sociale. Elles permettent également au héros d'assouvir ses pulsions amoureuses. Dès les premières pages, Bel-Ami affirme son désir d'avoir une maîtresse. À plusieurs reprises, il croit tomber amoureux, mais c'est surtout la sensualité et le désir qu'il recherche auprès de ses conquêtes. Rendu puissant grâce à leur influence et à leur argent, il se sert d'elles à loisir pour se promouvoir : Rachel, la prostituée, est l'annonciatrice de son pouvoir de séduction ; Clotilde est son tremplin sensuel et social ; Madeleine sa liaison politique et journalistique ; Virginie son reposoir et, enfin, Suzanne sa récompense ultime.

Aucun amour ne transparaît au sein de ces relations de chair et d'ambition. Les relations amoureuses entre les hommes et les femmes ne sont d'ailleurs pas représentées de manière optimiste, signe peut-être des traces laissées par le divorce des parents de Maupassant.

STYLE ET ÉCRITURE

L'INFLUENCE DE FLAUBERT

Maupassant considère depuis toujours Flaubert comme un maître. Celui-ci relit en effet les textes de son protégé et n'hésite pas à les lui faire réécrire sans cesse, afin que sa plume atteigne la perfection. Ce suivi porte ses fruits, et Maupassant, une fois célèbre, reconnaît sa dette envers l'écrivain :

> « Pendant sept ans je fis des vers, je fis des contes, je fis des nouvelles, je fis même un drame détestable. Il n'en est rien resté. Le Maître lisait tout, puis le dimanche suivant, en déjeunant, développait ses critiques et enfonçait en moi, peu à peu, deux ou trois principes [...] : "Si on a une originalité, disait-il, il faut avant tout la dégager ; si on n'en a pas, il faut en acquérir une" ». (« Le Roman », in *Pierre et Jean. Nouvelle édition argumentée*, Paris, Arvensa Éditions, 2014, p. 19)

Ce faisant, Flaubert a donc laissé sa trace sur l'écriture de son jeune disciple, visible tant au niveau stylistique qu'au niveau des idées présentes dans ses romans :

- les deux écrivains portent sur la société bourgeoise de leur temps un regard désabusé et ils n'hésitent pas à tourner leurs personnages en ridicule ;
- ils considèrent tous deux que l'écrivain doit observer et relater ce qu'il voit ;
- ils cherchent à faire de leurs textes une belle œuvre plutôt qu'une belle histoire ;
- Flaubert apprend à Maupassant à utiliser un lexique simple, épuré, dans lequel chaque mot est utilisé de façon exacte et dans son sens propre ;

- tous deux recourent au style indirect libre afin de créer une ambiguïté sur les propos tenus et de jouer ainsi sur la focalisation.

L'INFLUENCE DU NATURALISME

Outre l'ascendance de Flaubert, Maupassant côtoie également le cercle naturaliste et subit son influence. S'il n'y adhère pas totalement, l'écrivain fait malgré tout de *Bel-Ami* une œuvre qui s'inscrit dans ce courant. Il choisit toutefois de suivre davantage la théorie naturaliste prônée par les Goncourt, qui propose de s'intéresser aux milieux aisés, plutôt que celle de Zola qui dénonce les injustices subies par les milieux ouvrier et populaire.

Le plus souvent, les naturalistes relatent l'histoire d'un personnage médiocre qui parvient à devenir quelqu'un parce qu'il évolue dans un milieu propice. L'intrigue de *Bel-Ami* respecte en tout point ce schéma. Duroy, parti de rien, devient un personnage important de la société parisienne grâce à la presse, un univers aussi hypocrite et corrompu que lui.

Au travers de ce récit, Maupassant recrée évidemment la société de son temps, qu'il a d'abord longuement observée avant de la décrire sur papier. C'est en connaisseur qu'il s'attache à transposer différents milieux sociétaux, ce qui est un principe tout à fait naturaliste. Il dépeint ainsi :

- les Folies-Bergères et les foules des boulevards, un milieu misérable où chacun a soif d'argent, de plaisir et de reconnaissance sociale ;
- les clients des bars populaires dans lesquels Georges se rend avec Clotilde, un monde sinistre, angoissant et miséreux ;
- les paysans, représentés par les parents de Georges en Normandie, à la pauvreté certaine ;

- le monde des employés avec le travail de Duroy aux chemins de fer, où Maupassant a lui-même travaillé ;
- la presse, avec ses journalistes tout puissants, hypocrites et corrompus ;
- les salons où se retrouve tout le beau monde parisien qui s'organise hiérarchiquement en fonction de la richesse et de la classe sociale.

Pour renforcer le réel, il reproduit même le patois normand lorsque Duroy retourne avec Madeleine chez ses parents. Georges ne se défera d'ailleurs jamais de son « cristi », son juron préféré.

Bel-Ami se rattache également à l'esthétique naturaliste, car il fait référence à plusieurs événements importants de son temps, tels que la politique économique, coloniale et journalistique, en fournissant nombre de détails qui permettent aisément au lecteur de se représenter le réel.

L'ESTHÉTIQUE MAUPASSIENNE

Malgré toutes ces sources d'inspiration, Maupassant n'est pas un imitateur. Au contraire, il profite des conseils qui lui sont donnés pour se forger sa propre façon d'écrire et sa propre esthétique, qu'il affirme dans la préface de *Pierre et Jean* intitulée « Le roman ». Dans ce texte, il s'oppose aux écrivains rocambolesques et affirme que la mission d'un auteur est de relater des faits vraisemblables. Il convient donc d'abandonner héros, intrigues extraordinaires et péripéties en tout genre. Il ne faut toutefois pas se limiter à un simple compte-rendu. L'écrivain doit sélectionner avec soin les faits qu'il souhaite mettre en avant et ne tenir compte que des choses qu'il juge intéressantes et dignes d'être relatées :

> « Raconter tout serait impossible, car il faudrait alors un volume au moins par journée, pour énumérer les multitudes d'incidents insignifiants qui emplissent notre existence. Un choix s'impose donc, ce qui est une première atteinte à la théorie de toute la vérité. La vie, en outre, est composée des choses les plus différentes, les plus imprévues, les plus contraires, les plus disparates ; elle est brutale, sans suite, sans chaîne, pleine de catastrophes inexplicables, illogiques et contradictoires qui doivent être classées au chapitre faits divers. Voilà pourquoi l'artiste, ayant choisi son thème, ne prendra dans cette vie encombrée de hasards et de futilités que les détails caractéristiques utiles à son sujet, et il rejettera tout le reste, tout l'à-côté. »
> (« Le Roman », in *Pierre et Jean. Nouvelle édition argumentée*, Paris, Arvensa Éditions, 2014, p. 14)

Le jeu de la focalisation

Dans *Bel-Ami*, Maupassant joue avec la focalisation pour apporter plus de relief et de richesse à son texte. Il recourt à la focalisation externe lorsqu'il parle des personnages secondaires ou de certains événements historiques. Ainsi, ce qui a lieu au salon des femmes chez Virginie Walter ou encore l'entraînement de Georges dans la salle d'armes de Rival sont des épisodes racontés par une instance extérieure et neutre. Par contre, quand il s'agit du héros ou des personnages importants, Maupassant utilise la focalisation interne. De nombreux verbes de perception (« sentir », « toucher », « voir », « regarder », etc.) permettent au lecteur d'entrer dans leurs pensées et de découvrir leurs sentiments. Enfin, l'écrivain utilise la focalisation zéro (celle qui présente un narrateur omniscient) pour dévoiler l'évolution psychologique de certains personnages. La voix de ce narrateur pourrait presque être comparée à celle de l'auteur qui a mis beaucoup de lui et de sa vie dans son récit. Ainsi, la peur de la mort de Norbert de Varenne évoque celle de Maupassant dont il parlait dans une chronique publiée dans le *Gil Blas*.

S'il puise dans sa vie, Maupassant exige toutefois que l'auteur et le narrateur ne laissent pas transparaître leur présence dans le récit afin de ne pas briser l'effet de réel. Dans *Bel-Ami*, par exemple, toutes les opinions politiques et les dénonciations de la société proviennent toujours des personnages, jamais d'une instance extérieure qui pourrait être perçue comme l'expression de la pensée de l'auteur. En outre, Maupassant ne souhaite pas porter de jugement sur les événements qui se déroulent sous ses yeux. Aucun narrateur n'est là pour donner son avis sur le déroulement des événements ou sur l'ascension de Duroy. Et si commentaire il y a, le lecteur doit le deviner, car il est dissimulé par l'ironie.

Le dialogue chez Maupassant

Une caractéristique du style maupassien est la force des dialogues qui participe au réalisme du récit. En effet, l'auteur recrée avec brio la diversité des parlers des personnages. C'est d'ailleurs par la parole que le lecteur peut constater l'évolution de Bel-Ami : vulgaire au début, son expression se fait plus noble et châtiée à mesure qu'il s'élève dans la hiérarchie sociale. Les dialogues sont d'autant plus réussis qu'ils sont courts et efficaces.

On décèle cependant quelques formules qui se répètent dans certains dialogues. C'est qu'elles ont souvent fait leur preuve et démontrent par là toute leur puissance. Ainsi, Bel-Ami n'hésitera pas à utiliser les mêmes expressions (« comme je vous aime », « je suis fou ») pour séduire. Par moment, les échanges sont répétitifs et monotones, signe de la platitude de certains caractères. Citons par exemple M. Walter qui parle exclusivement de sa richesse ou Virginie qui choisit toujours les mêmes mots mielleux qui renvoient à sa naïveté.

Maupassant présente également certaines questions et interrogations dans le style indirect libre, ce qui constitue en soi un legs de son maître Flaubert. Ceci permet aux lecteurs d'avoir accès aux angoisses les plus profondes du personnage : « Donc il allait se battre, et se battre au pistolet ? Pourquoi n'avait-il pas choisi l'épée ? Il en aurait été quitte pour une piqûre au bras ou à la main, tandis qu'avec le pistolet on ne savait jamais les suites possibles. » (p. 595)

Quelques caractéristiques stylistiques de l'auteur

Pour contribuer à représenter le réel, Maupassant décrit ses personnages au fil des pages, en disséminant des informations objectives, afin que le lecteur les découvre lentement et en capte toute la richesse et la complexité. Cette façon de procéder exclut l'analyse psychologique traditionnelle, car elle n'empiète pas sur l'action ni sur les dialogues. L'auteur, lorsqu'il écrit, recherche la justesse et la précision. Il recourt à des champs lexicaux précis afin de choisir les termes adéquats et de donner à son texte une richesse stylistique. Il utilise également trois techniques qui lui sont chères et qui donnent à son écriture une certaine poésie :

- la métaphore. La soif renvoie ainsi à l'ambition, le boulevard à l'aventure, la salle cachée d'un restaurant et les Folies-Bergères au désir, la femme à la réussite, et l'eau à la décadence de la société ;
- l'énumération, qui permet à Maupassant d'établir une gradation dans les propos ;
- la comparaison. Chez lui, tout est propice à l'image : « Les huîtres d'Ostende furent apportées, mignonnes et grasses, semblables à de petites oreilles enfermées en des coquilles » (p. 503) ; « Tous les hommes sont bêtes comme des oies et ignorants comme des carpes » (p. 416).

LA STRUCTURE DU RÉCIT

Maupassant excelle dans la rédaction de contenus courts. Or, ici, il fait le choix du roman. S'il choisit la forme longue, c'est parce qu'il a le projet de décrire un milieu précis dans les moindres détails. Il a donc besoin d'espace pour présenter ses personnages, les ancrer dans leur milieu, raconter tous les tenants et les aboutissants des événements. Autant d'éléments qui ne conviennent pas à une forme brève. De plus, Maupassant accorde de l'importance à la réussite de sa carrière et il sait qu'un bon roman lui apportera davantage de succès et d'argent.

Bel-Ami est divisé en deux parties. Chacune comporte respectivement huit et dix chapitres.

La première partie représente dix mois de la vie de Duroy. Elle raconte les divers éléments qui permettent au protagoniste de se familiariser avec le milieu parisien et de prendre de l'assurance. Elle est marquée, d'abord, par la rencontre de Charles Forestier et par celle de Rachel, la prostituée, dans le premier chapitre. Les chapitres deux à quatre relatent ses débuts en tant que reporter grâce à l'aide de Madeleine. Trois chapitres plus loin, Duroy a profité de l'aide de Clotilde et de Virginie pour s'enrichir davantage et pour atteindre le poste de chef des échos.

La seconde partie confirme la réussite de Duroy, qui se fait désormais appeler Du Roy de Cantel. Le premier chapitre relate la mort de Forestier et, par conséquent, le futur bonheur et l'aisance financière que Bel-Ami obtiendra par un mariage avec Madeleine. Les sections suivantes mettent toutes en avant les réussites du personnage principal. Les derniers chapitres marqueront l'apogée de son projet, puisqu'il divorce de Madeleine et épouse Suzanne, plus riche encore que ses anciennes maîtresses. La fin du récit laisse présager qu'il ne s'arrêtera pas là, car il pense à devenir député. Cette deuxième partie, qui raconte deux ans et demi de la vie du personnage, est plus lente, car elle détaille davantage les événements. Ce déséquilibre s'exprime par l'envie du personnage, pressé d'abord de s'illustrer, puis conscient qu'il faut prendre son temps pour arriver au plus haut de l'échelle sociale.

LA RÉCEPTION DE *BEL-AMI*

AU XIXᵉ SIÈCLE

Bel-Ami paraît pour la première fois en feuilleton dans *Gil Blas*, du 6 avril au 30 mai 1885, puis en volume le 11 mai. À sa sortie, le roman suscite de très nombreuses critiques assez paradoxales. Tout en soulignant la beauté du style et le réalisme des scènes décrites, les contemporains, surtout les journalistes, sont scandalisés par les attaques lancées contre la presse et contre la mondanité parisienne. Maupassant répond aux critiques à l'égard de son œuvre et explique ses intentions dans une lettre publiée le 7 juin 1885 dans *Gil Blas*.

La plupart des critiques des journalistes viennent du fait que Maupassant a donné à la profession une très mauvaise image. L'auteur s'en défend toutefois et affirme que, s'il a choisi ce milieu-là, c'est parce qu'il le connaissait et qu'il peut donc plus aisément y faire évoluer son héros. La presse reproche également à l'artiste d'avoir attaqué le journalisme parisien en faisant de *La Vie française* un journal corrompu. Mais une fois encore, l'auteur balaie cette remarque parce que, si cela avait été son vrai désir, il aurait choisi de décrire un véritable grand journal, et non « une de ces feuilles interlopes, sorte d'agence d'une bande de tripoteurs politiques et d'écumeurs de bourses, comme il en existe quelques-uns, malheureusement ». Pour donner plus de force à son argument, il s'offusque même de l'idée de ses confrères : « Comment a-t-on pu supposer une seconde que j'aie eu la pensée de synthétiser tous les journaux de Paris en un seul ? »

Malgré le scandale, Maupassant rencontre le succès auprès du public et reçoit même des éloges de la part de grands critiques de l'époque. Ferdinand Brunetière (historien et critique littéraire français, 1849-1906) écrit à propos de *Bel-Ami* :

> « Bel-Ami… est… ce que M. de Maupassant pour parler le langage du jour, a écrit de plus fort et je ne craindrai pas d'ajouter : ce que le roman naturaliste, le roman strictement et vraiment naturaliste a produit de plus remarquable… J'entends par là que rarement on a de plus près imité le réel, et rarement la main d'un artiste a moins déformé ce que percevait son œil. Tout est ici d'une fidélité, d'une clarté, d'une netteté d'exécution singulière… » (p. 896)

Grâce à l'argent remporté, Maupassant achète un bateau qu'il baptise *Bel-Ami*, en souvenir de sa réussite.

L'ŒUVRE AUJOURD'HUI

Si plus de 150 ans nous séparent de la première publication de l'ouvrage, son succès est toujours d'actualité. Mieux encore, le roman est même devenu un classique souvent étudié à l'école.

Le roman a également connu plusieurs adaptations cinématographiques tout au long du XXe siècle. C'est d'ailleurs, parmi la production maupassienne, l'œuvre qui a le plus séduit les réalisateurs et les scénaristes, car elle constitue en elle-même un script. L'histoire est linéaire, les dialogues percutants et les descriptions suffisamment riches pour construire le décor. Les plus célèbres sont :

- *The Private Affairs of Bel Ami* (1947), d'Albert Lewin. Ce film américain est une adaptation libre du roman qui s'adapte aux goûts de l'époque. À travers celui-ci, Lewin dénonce notamment l'arrivisme de Bel-Ami et montre comment cela l'a conduit à sa perte, car il est tué lors d'un duel ;

- *Bel-Ami* (1955), de Louis Daquin. Cette adaptation française est réalisée alors que vient tout juste de se terminer la guerre d'Indochine (1940-1954). Elle est rapidement censurée à cause de son message anticolonialiste ;
- *Bel-Ami* (2005), de Philippe Triboit. La version de ce réalisateur français s'éloigne assez fortement de celle de Maupassant, car il refuse de prendre le risque de dénaturer l'œuvre originale qu'il considère comme inimitable. Le fil rouge qu'il suit est l'ascension d'un jeune homme parvenu à ses fins grâce à la corruption et à son égoïsme. Plusieurs éléments diffèrent donc du roman :
  - l'aspect physique des personnages ;
  - la fin du roman, qui s'arrête sur le désespoir de Mme Walter à la veille du mariage de sa fille avec Duroy ;
  - le patois normand des parents de Georges qui a disparu ;
  - mais aussi, et surtout, les intentions de Bel-Ami qui, entre les mains de Triboit, devient un homme qui s'engage politiquement afin de devenir un nouveau Robin des bois, ce qui lui confère une certaine sympathie qu'il ne possède pas du tout dans le roman.
- *Bel-Ami* (2012), de Declan Donnellan et de Nick Ormerod. Cette dernière adaptation, issue du théâtre, respecte assez fidèlement l'ordre des événements du roman. Toutefois, les contextes politique et économique ont été mis de côté, ce qui fait perdre de la richesse au film qui doit sa qualité au casting choisi par les producteurs.

Ces films ne constituent qu'un infime échantillon des innombrables adaptations que le roman a suscitées. *Bel-Ami* se révèle être bien plus qu'un simple roman. Véritable témoignage de son temps, il est aussi un chef d'œuvre stylistique. D'abord élève, passé maître, Maupassant a su tirer son épingle du jeu dans un siècle particulièrement tumultueux.

Votre avis nous intéresse !

*Laissez un commentaire sur le site de votre libraire en ligne
et partagez vos coups de cœur sur les réseaux sociaux !*

BIBLIOGRAPHIE

SOURCES BIBLIOGRAPHIQUES

- Aubel (François), « Chronologie », in *Le Magazine littéraire*, octobre 2011, n° 512, p. 60-63.
- « *Bel-Ami*, une adaptation décevante du roman de Maupassant », in *Elle.fr*, consulté le 10 juillet 2015.
  http://www.elle.fr/Loisirs/Cinema/News/J-y-vais-J-y-vais-pas/Bel-Ami-une-adaptation-decevante-du-roman-de-Maupassant-2094564
- « *Bel-Ami* – Un roman du xixe siècle : *Bel-Ami*, Guy de Maupassant (1885) », in *Youscribe.com*, consulté le 12 juillet 2015.
  http://www.youscribe.com/catalogue/presentations/education/etudes-superieures/bel-ami-un-roman-du-xixe-siecle-bel-ami-guy-de-maupassant-1885-369284
- Benhamou (Noëlle), « Un scénariste très recherché », in *Le Magazine littéraire*, octobre 2011, n° 512, p. 88-89.
- Biasi (Pierre-Marc de), « Flaubert, père adoptif intransigeant », in *Le Magazine littéraire*, octobre 2011, n° 512, p. 64-65.
- Botterel (Catherine) et Delaisement (Gérard), Bel-Ami *(1885). Guy de Maupassant*, Paris, Hatier, 1999.
- Campa (Cosimo), *Maupassant*, Paris, Studyrama, 2004.
- Claës (Marion), *Fiche de Lecture :* Bel-Ami, *de G. de Maupassant*, Paris, Université Paris IX Dauphine, 2008-2009.
- Durand (André), « *Bel-Ami* de Guy de Maupassant », in *Comptoir littéraire.com*, consulté le 3 juillet 2015.
  http://www.comptoirlitteraire.com/m.html
- « Étude d'œuvre : *Bel-Ami* de Maupassant (1885) », in *Studyrama.com*, consulté le 12 juillet 2015.
  http://www.studyrama.com/revision-examen/bac/fiches-de-revision-du-bac/bac-de-francais/etudes-d-oeuvres/maupassant/bel-ami-26097

- GOUGELMANN (Stéphane), « Maupassant. *Bel-Ami* », in *Enseignants Flammarion.com*, consulté le 12 juillet 2015. http://www.enseignants-flammarion.fr/download.cfm?lib=albums&id=16920&filename=Fiche%20p%C3%A9dagogique_Bel-Ami.pdf&docid=77628
- « Guy de Maupassant », in *Larousse.fr*, consulté le 21 juin 2015. http://www.larousse.fr/encyclopedie/personnage/Guy_de_Maupassant/132339
- « Histoire de la littérature française. Guy de Maupassant », in *La littérature.com*, consulté le 30 juin 2015. http://www.la-litterature.com/dsp/dsp_display.asp?NomPage=5_19s_010_realisme_05_051
- « Jules Ferry », in *Histoire du monde.net*, consulté le 5 juillet 2015. http://www.histoiredumonde.net/Jules-Ferry.html
- « La politique coloniale de la France après 1870 », in *Brazza culture.fr*, consulté le 5 juillet 2015. http://www.brazza.culture.fr/fr/afrique/politiquecoloniale.htm
- LÉCHOT (Timothée), « Le réalisme mis à l'épreuve », in *Le Magazine littéraire*, octobre 2011, n° 512, p. 78-79.
- MAUPASSANT (Guy de), *Boule de suif, La maison Tellier, Une vie, Bel-Ami*, Paris, Garnier, 2009.
- MAUPASSANT (Guy de), *Pierre et Jean : Nouvelle édition argumentée*, Paris, Arvensa Éditions, 2014.
- PAVANS (Jean), « Une canaille de génie », in *Le Magazine littéraire*, octobre 2011, n° 512, p. 72.
- TSHIDIMBA (Karin), « *Bel-Ami*, au-dessous de tout soupçon », in *La Libre.be*, consulté le 10 juillet 2015. http://www.lalibre.be/culture/medias-tele/bel-ami-au-dessous-de-tout-soupcon-51b887f9e4b0de6db9ab7e65

SOURCE ICONOGRAPHIQUE

- Guy de Maupassant par Nadar, 1888. La photo reproduite est réputée libre de droits.

Éditeur responsable : Lemaitre Publishing
Avenue de la Couronne 382 | B-1050 Bruxelles
info@lemaitre-editions.com

ISBN ebook : 978-2-8062-6608-8
ISBN papier : 978-2-8062-7325-3
Dépôt légal : D/2015/12603/586
Couverture : © Lisiane Detaille